U0932924

一壶诗情暖人生

王晓超诗词选

王晓超 著

南方出版传媒 花城出版社
中国·广州

图书在版编目（CIP）数据

一壶诗情暖人生 ：王晓超诗词选 / 王晓超著. -- 广州 ：花城出版社，2018.9
ISBN 978-7-5360-8754-5

Ⅰ．①一… Ⅱ．①王… Ⅲ．①诗词—作品集—中国—当代 Ⅳ．①I227

中国版本图书馆CIP数据核字(2018)第217701号

出 版 人：詹秀敏
责任编辑：许泽红
技术编辑：凌春梅
封面设计：好谢翔
内文版式：姚　敏
供　　图：苏　晓　高　鸣　陈灵均
　　　　　万燕明　罗新明

书　　名　一壶诗情暖人生：王晓超诗词选
　　　　　YI HU SHI QING NUAN REN SHENG：WANG XIAO CHAO SHI CI XUAN
出版发行　花城出版社
　　　　　（广州市环市东路水荫路 11 号）
经　　销　全国新华书店
印　　刷　佛山市迎高彩印有限公司
　　　　　（佛山市顺德区陈村镇广隆工业区兴业七路 9 号）
开　　本　880 毫米 × 1230 毫米　32 开
印　　张　5.5　2 插页
字　　数　78,000 字
版　　次　2018 年 9 月第 1 版　2018 年 9 月第 1 次印刷
定　　价　39.00 元

如发现印装质量问题，请直接与印刷厂联系调换。
购书热线：020－37604658　37602954
花城出版社网站：http://www.fcph.com.cn

王晓超，笔名超然，河南舞阳人。中国作家协会会员、散文家学会会员、中国古诗词学会会员、心理学会会员、易经学会会员、红学会会员、经济社会发展战略研究会会员、监察学会会员。

中国传统文化和廉政文化的普及传播者。近年来在广东省直机关、高校、企业、市、县等单位和部门举办上百场次传统文化和廉政文化讲座，受到听众一致好评，产生了广泛的影响。

作品多次获得国家级、省级奖项，著有散文集《下雪的日子》，诗集《超然轩诗札》，古体诗词集《霁月光年》，现代诗文选《几度春来听雨声》，以及理论集《思维的回声》、专著《反商业贿赂视角下的企业监管研究》《商事制度改革与廉政防控》等。

目录

词

现代诗

自　序

这本诗集是我近两年的作品。有人说：在物欲横流、诗心已渺的今天，为什么你还坚持写诗？在常人看来，竭尽心力去追寻一种不存在的事物，是不可思议的事。在我看来，诗是一种精神的拯救与心灵的抚慰，这是生命的内在需要。因为我已把诗与生命融为一体。我认为诗不仅仅是一种创作，似已成为诗人的信仰。因此，不管世界多么喧嚣，诗歌多么落寞，我仍坚守着、探索着、前进着。

前段时间不停有读者来信，希望我的创作不要停步，因为诗歌有人生的正能量，能给他们带去美好的享受和人生的启迪。我感谢读者的鼓励和鞭策，同时对仍有读者坚守着诗和远方大为感动。我2016年6月出版发行的《霁月光年》和《几度春来听雨声》曾连续半年获广州新华畅销书排行榜文学类榜首，这一殊荣说明了读者对我的厚爱。

当然这些都是我不能停步的外在因素，更重要的是内在的个性使然。我仿佛天生为写诗做好了准备。诗歌是我生命中不可或缺的组成部分。虽然诗歌是落寞的事业，但这却是一个真正爱诗的人的事业。我从不认为诗人是专职的，因为在工作中我让管理如诗，让细节和过程发光，让生活焕发诗性诗意。我不希望我的诗歌遮蔽了我的领导才能和管理才能。诗人是可以也应该把事业做大做强。我敬重事业，酷爱事业，尽责事业。因为事业是党和国家赋予的责任。几十年来，我对事业不懈努力所取得的成就，这其中就有诗歌的补偿。用经历和现实说话，使我的诗歌有了一个与人生与事业可呼应的磁场。因而诗歌就不再玄思。我的创作是与自己的经历紧密联系在一起的内心体验。因此，我感谢自己几十年来的工作经历，它让我的诗歌尽可能表达精确、简洁、情真、意新、厚重、格高。当然，这是否真正做到了，只有让读者去做评判了。

我在诗词创作中，始终坚持自我情感的真实，用带有我个人密码的词根去表达自己的精神言说。尤其是进入新时代，随着中华民族文化自信的增强，中国诗歌的精神与形态必将发生极大的变化。现在，我尝试着从中国古典诗词中寻找写作的思想与美学之源，我认为虽然是尝试，但也是文化自信的表现，也是一种对传承中华文脉的努力和探索。从我这次选入的50首古体诗、30阕词和20首现代诗内容来看，反映和表达了我的世界观、人生观、价值观。诗歌是否能够表达这“三观”，或者诗歌是否需要表达这“三观”？这在以前是不需要讨论的。而在进入了新时代以后，在诗学界有人提出了这个问题，有的诗人更强调诗歌的灵感、形式与技巧，强调诗歌的感觉与想象力，强调诗歌对瞬间情绪的捕捉与呈现，但忽略了诗歌在思想上的探索，忽略了诗歌对世界、对人生的深度思考与表达。

在新时代，我认为，我们应该超越新时期文学的美学规范，以诗歌的方式进行美学探索与思想探索。努力探索新时代诗歌与党和国家、与民族、与人民情感的结合之路，一言以蔽之，就是要有悲天悯人的情怀去关心国家、民族的发展，关切百姓的生活，还要关注生态文明建设。总之，让诗歌真正成为代表一个时代思想深度的文本。当然，我的意思绝不是让诗歌通过理性的辨析与逻辑的推理而达到其深度和高度，而这深度和高度还是通过感悟与直觉的方式达到的。我们必须遵循诗歌的内在规律，才能创作出更加丰富、更加新颖、更加艺术性的诗篇。

新时代赋予诗歌以新的使命，我们正走在前人没有走过的道路上，诗人必须以完成使命的姿态去讴歌时代，书写历史。我们必须把新时代的新境界熔铸为诗歌创作的新“境界”，凝聚当代中国人的情感，创造新的中国精神与新的诗歌美学。

当然，现实社会中，诗歌有些落寞了，但人们的日常生活却变得丰富多彩。很多人心安理得地陶醉在快餐式的消费文化当中，诗歌这种有深度美的文学表达方式却成了一种不合时宜的怪物。虽然现在媒体也开展了不少有关古诗词的节目，但很多人仍然不需要诗歌，不相信诗意的生活，信奉的是：活着并快乐着。这就是很多人的生活秘诀。在这种情况下，诗歌当然就被弃之如敝帚了。

然而，在这诗歌没落的时代，仍然有一些顽强的追求者怀着一颗滚烫的诗心在奋力前行，我也走在前行者之列。而我还有一个基本信念是，每一个人都具备一个诗歌的慧根，这慧根能否长成参天大树，主要靠每个人的努力和悟性。当然，我很乐意继续像以往一样，通过一些讲座，将古诗词的美好传播出去。或许将能够启发更多的年轻朋友们去发掘自己的诗歌慧根。如若发掘不出慧根，起码要有诗意的生活，这样才会有一个诗意的人生。

是为序。

王晓超

2018年6月8日于广州超然轩

碧池清影
壬辰初冬於市橋南岸抱月軒

古体诗

立春

寒水依痕迎立春，
一泓碧波绿三分。
杨柳吐出千支曲，
桃李放飞万缕韵。
燕子喳喳闹画梁，
蝴蝶翩翩传春讯。
纵有轻寒遮晚照，
但凭和风暖人心。

龙日登高兴怀

杜宇一声荡晨烟，
横空远目碧云间。
蛟龙腾飞凌五岳，
喜看旭日照宇寰。

春觉

日过初阳天地纯，
花开南楼燕依人。
浩荡东风催盛发，
喜看九州遍地春。

清明

多情风雨拂春归，
碧绦萋萋柳叶飞。
清明又度远客急，
尚孝追远祭祖回。

三更偶作

三更心怡夜生幽，
一盏灯火北窗[①]透。
纨如[②]荡胸无眠意，
春风又上月边楼。

①北窗：书房。
②纨如：击鼓声。

咏红棉

容压群芳傲苍穹，
心有春光似火红。
风接云涛催盛举，
拼却赤心与尔同。

江畔晓步

绿柳绕堤畔，
清风散晓霞。
流水随春远，
壮心荡天涯。

送春

斗指东南立夏期，
今宵强赋送春诗。
伤心总在无人处，
兼程何惧夜继日。
为待诗成难入梦，
怕听花落草萋萋。
纵使春光留不住，
笑看夏阳照寰宇。

暑夜思

蝉鸣枝头蛙鸣塘，
高楼海市映玄黄。
一种轻愁能淡写，
万般滋味可深藏。
几度夜静风栖树，
何曾身闲纳野凉。
劝君莫吟秋风曲[①]，
心清原是暑天霜。

①秋风曲：指《秋风辞》曲，是汉武帝刘彻所写的诗歌。

夏夜校稿

韦编翻绝堆雪案，
吾庐独对一灯盏。
词源倒泻银河浪，
意象联翩锦缆帆。
胸怀古今家国事，
胆肝乾坤摇征辔。
凭高目断天涯路，
夏色将阑征鸿还。

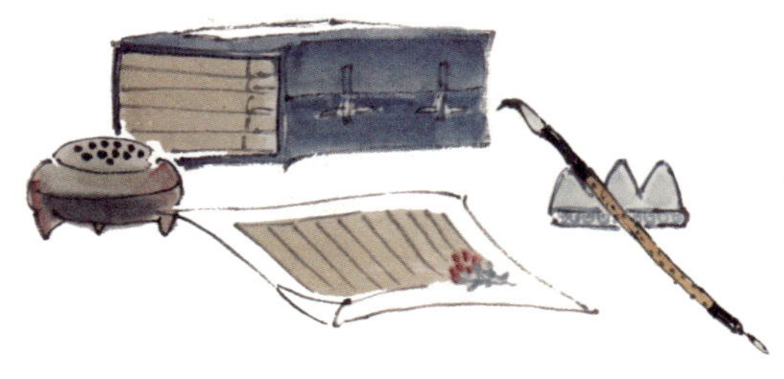

夏夜习书偶得

展开天幕写春秋，
银汉涓涓笔下流。
大爱弥天书正气，
诗心剑胆破浪舟。

夏日登山遇雨

风啸重雨飘山巅，
阔步林翳雾漫漫。
颇爱缥缈苍茫意，
更喜乾坤清气满。

夏日雨后

一阵疏狂舒胸襟，
弥天碧色映龙鳞。
几曾着眼望清都[1]，
云屯水府[2]下凡尘。

①清都：传说中天帝的宫阙。
②云屯水府：指水府星附近乌云密布。水府，星名。

夏夜闻雷声即吟

窗外雷长鸣，

雨浸夏日风。

苍茫天地远，

心静梦从容。

秋夜咏怀

秋夜寒气透北窗，
诗卷灯影傲露霜。
不悔平生沐风雨，
且操长橹向汪洋。
穷通漫道关天意，
进退何必论上苍。
夜阑最爱临风曲[①]，
浩荡横涯九重上。

①临风曲：临风飞扬的刚健之曲。

秋夜重读纳兰*词感怀

凄美哀怨词留芳，
偶学苏辛①也老苍。
金缕曲含情刻骨，
落梅②横笛鸣断肠。

---

*纳兰：纳兰容若，满族正黄旗人，生于顺治十一年（1655），卒于康熙二十四年（1685），时年三十一岁。著有诗文、序跋，主要以词名世。

①苏辛：指苏东坡、辛弃疾。二人以豪放词风著名。

②落梅：《落梅花》笛子古曲。

中秋

万古明月贵此时，
千种相思聚今日。
金秋玉兔桂花影，
洒向人间尽好诗。

秋日郊外拾韵

天寒飞白雁，
地冷发黄花。
秋风拂晚树，
夕阳回首斜。
露湿溪边月，
星垂廓外家。
炊烟摇云幕，
夜阑眠归鸦。

重九登高放怀

秋晚晨佳登高台，
危台戏马[①]今安在？
心存屈贾[②]千年上，
秦风汉雨犹在怀。
远天白雁摇云朵，
近楼紫雀戏苍苔。
落木无边江不尽，
尧天舜日[③]盛世来。

---

①危台戏马：危台，指高高的台，见南朝谢宣远《九日从宋公戏马台集送孔令》诗。此典故涉及项羽和高祖刘邦。

②屈贾：指屈原和西汉贾谊。二人都擅长辞赋，有治国安邦之大才，都爱国但都不受重用，故后人誉称屈贾。

③尧天舜日：尧传说中之古帝陶唐氏之号。从《论语·泰伯》：“唯天为大，唯尧则之。”谓尧能法天以推行教化。舜，有虞氏，名重华。舜作《南风歌》。尧禅位于舜。后以尧天舜日或尧日舜风比喻太平盛世。

端午怀屈原

屈子已去越千秋，
橘颂风骨韵长留。
汨罗滔水何惆怅，
九歌独啸正清幽。
纵笔追魂诗人肠，
楚辞遗吟壮志酬。
英名永垂耀天地，
江河不古缅风流。

七夕感怀

大地苍茫路悠悠，
雨急云飞几经秋。
我今凝情空扼腕，
牛织幽怨悲屏楼。
瑶琴此时真堪毁，
卺酒他生要再修。
羡叹呢喃双燕子，
不知人间有离愁。

重阳感怀

三秋金菊照，
九日吟诗高。
采掇重阳句，
清歌画梁绕。
凭高开怀处，
携觞为雁遨。
古今贤达人，
心为天下劳。

冬夜著书自题

寒风北窗过，
新书著几何。
雅文难急就，
岁月复蹉跎。
日有凡客到，
夜对古人多。
素稿堆雪案，
星霜拈研磨。

深冬遣怀

时光流转又深冬，
风雨兼程写人生。
纵观今古苍茫意，
横看寒日卷雄风。
抚剑犹知崇侠客，
温书恰似怜妆红。
侠骨柔肠冰心在，
琴心剑胆绘图宏。

南方冬日抒怀

南国逢暖冬，
生疏雪与风。
有心看寒雁，
无力越时空。
胸中书万卷，
桌前酒千盅。
欲向萧瑟处，
铁臂挽雕弓。

冬至即兴

冬至喜临物无华，
南国无雪梅映霞。
天上明月万古心，
人间最贵无忧花。

读圣贤经典漫兴

《周易》博大沸襟怀，

《小雅》遗风开诗派。

《春秋》一览知兴废，

《论语》百读含仁爱。

《老子》无为抛金石，

《庄子》恣肆宇宙隘。

《孟子》仁政缀珠玑，

吾今肃然仰华岱。

万物和谐吟怀

天人合一诚可贵，
恻隐之心善相随。
劝君莫捉寻食鸟，
子在巢中待母归。

夜读咏怀

书海无涯夜何长，
万卷在胸气飞扬。
无愧天地初心在，
吟啸经略为兴邦。

资助贫困学子金榜题名喜吟

黄金榜[1]上遂风云[2]，
雅意深笃济世心。
阳光一缕含情洒，
喜看寒门吐新韵。

①黄金榜：古代科举考试中举的试榜用金字题名，古人称黄金榜。这里借指考上大学。

②遂风云：指实现抱负。

客至

晚巷初霁后，
嫩珠盈枝头。
人间重暖色，
衔杯解情愁。

八一咏怀

正值八一建军日，
我忆军人旧履历。
当年笑靥多自豪，
一段荣光凝成诗。

当兵，使我青春无悔

号角声声划破云，
使命摧征扬军魂。
男儿应是危重行，
橄榄绿梦写青春。

深夜创作写怀

小轩窗外月华昏，
常被新词扰断魂。
星月不谙文字苦，
不炼千遍不示人。

寄慨

风雨平生盈诗心，
豪情挥洒常啸吟。
品味出象[1]天地外，
万古江山入酒樽。

①出象：意出象外，即语言的真正用意没有明白地说出来，细细体会才知道。

雨中访西湖偶遇群鹤得句

烟雨西湖扁舟行，
偶遇群鹤鸣新声。
未见三潭印明月，
却逢一鹤立坛顶。
船翁细述白娘子，
听雨听水听幽情。
惯看古今多少事，
云卷云舒在胸中。

再访沈园

沈园[1]亭台今又临，
陆唐[2]山盟复何寻。
钗头孤凤千秋雨，
城外斜阳万古心。
一树榴红花寂寞，
百年鬓白梦深沉。
何时衔尽西山石，
暮霭苍茫客思深。

---

①沈园：位于绍兴市越城区春波弄，宋代著名园林，沈园至今已有800多年的历史。

②陆唐：指陆游和唐琬。陆游和唐琬本为“琴瑟甚和”，因陆游母亲逼迫而分离。两人后在沈园巧遇，陆游留下诗篇《钗头凤》，词于壁间，极言“离索”之痛。唐琬见而和之，情意凄绝，不久抑郁而逝。两阙《钗头凤》字字血、声声泪，至今令读者为之怆然。

访鲁迅先生三味书屋

到此方知书三味，
民族脊梁舍其谁？
横眉俯首经纬明，
先生神笔起风雷。
自古绍兴多才俊，
今有鲁迅人格魅。
铁骨铮铮傲天地，
翰墨济世心所归。

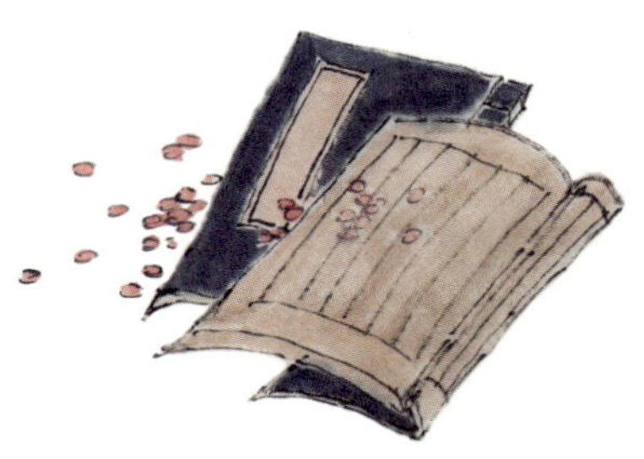

拜谒周恩来总理祖居感怀

绍兴祖居日色彤，
高天大写领袖风。
周公吐哺为天下，
鞠躬尽瘁黎民颂。
大盈若冲真君子，
曲全狂直铸大忠。
安邦定国兴中华，
伟名永耀天地中。

乘索道访白云山九龙泉诗碑

凭轩扶摇路三千，
玉宇恢弘一瞬间。
登峰寻诗清如水，
落座轻吟九龙泉。

访蕉岭万亩竹林吟咏四首

一

万杆摇空郁葱葱，千姿柔韵翠玲珑。
远山秀影多妩媚，近风吟啸音自清。

二

匀碧滴翠点破春，清气曳曳夺红云。
月移影俊铮铮骨，鸟语初闻欲醉人。

三

霞光穿林书纵意，喜鹊登枝自有喜。
渺渺墨海青春色，昂扬向上劲节立。

四

漫山桐花弄白时，层叠翠绿蘸清漪。
雨过好风追高节，遍野希望遍野诗。

咏客家围屋

神姿雄峙围屋楼，
风风雨雨度春秋。
乾坤裹在方圆里，
八卦盈宅福禄寿。

贺党的十九大胜利召开

神州红旗引，
地变时代新。
水远话源头，
树茂赖根深。
唯恨诗章短，
难抒信仰真。
前路尧天阔，
中华福满门。

十九大后广东省委首轮巡视咏怀

扬鞭策马再出巡，
不忘初心最堪尊。
三年挥洒汗和泪，
百战不言艰与辛。
旗帜面前思担当，
利剑背后鉴精神。
不悔此生破险阻，
一星牵月照乾坤。

参加政协第十二届
广东省委员会第一次会议感怀

政协开局气象新，
共商大事显精神。
精英集谱广东曲，
委员提案时代韵。
高人群至惟灼见，
名家智慧不虚闻。
泱泱华夏风神在，
民丰国盛四海钦。

丁酉年广东省委首次巡视寄怀

今又击楫誓中流，
男儿意气总难休。
几度骑鲸先着鞭，
打虎有方凭吴钩。
自信金睛识清浊，
何惧九派横竖流。
冷雕衔日放眼望，
天地正气贯九州。

十二届广东省委首轮巡视抒怀

依天长剑尽翘勇[①]，
耿耿壮怀天地动。
铁马嘶风三万里，
风雨兼程缚虎蝇。
莫笑九组犹气岸[②]，
唯有初心贯始终。
荆棘榛莽何所惧，
永固乾坤正气涌。

①翘勇：英勇无比。

②九组气岸：指省委第九巡视组气概傲岸。

十二届广东省委首轮巡视归来咏怀

睨柱吞嬴[①]自精神，
成如容易却艰辛。
秋风萧瑟碧空过，
摇落银河[②]涤凡尘。

①睨柱吞嬴：指东周时赵国上大夫蔺相如持璧睨柱的豪气压倒了秦王。

②银河：银河系中有主雨水的星座叫水府星。

丙申年贺广东省纪委全会闭幕

惠风和畅扬正气，
列子[①]御风春满地。
欲逐激流壮沧海，
硕果尽展盈奇迹。

---

①列子：战国时道家人物。《庄子》书中："夫列子御风而行，泠然善也。"传说中列子会御风术，列子所到之处便春色满地。

参加广东省委第十二届四次全会感怀

闻鸡起舞夜继日，
劳为苍生谋福祉。
中兴南粤拼血路，
无须扬鞭自奋蹄。

词

长相思·元宵望月

月凌空，照帘栊。月到圆时今宵生，佳节得月明。　　盼月明，望月明。丹心一片似月清，且来伴月行。

临江仙·除夕

清风拂柳弄条匀，又逢除夕良辰。帘外春意含笑临。爆竹零点响，岁月两年分。　　一阕长亭送往事，不应停步逡巡。新春凭高望天涯。征人路途遥，策马越晨昏。

瑶台聚八仙·新年兴怀

日月绵绵，天正好，新蕊又吐窗前。草萌枝鲜，最是绿满人间。几只白鹭点斜阳，东风新发百花妍。倚栏望，禹甸尧天，收与眉边。

照野[①]弥弥[②]漫赏，横空暖微霄，梦远诗宽。壮美江山，茄曲[③]喜弄昼眠，细雨斜风晓寒，更晨听紫燕鸣春盘[④]，应凭信，浩浩中国梦，福满人间。

---

①照野：旷野中，明亮的月亮照彻着碧波荡漾的小溪。

②弥弥：水深的样子。

③茄曲：古时一种管乐所奏之曲。

④春盘：古时在立春当天，将菜果放在盘中，亲朋好友相互馈赠，称为春盘。此时借指进入新年。

小重山·春节

百卉竞芳岁岁荣。风前闻香软、梦啼莺。且听双燕呢喃中。春节至、九州尽欢腾。　除夕锦筵红。人间共喜庆、醉亲情。一声爆竹惊晨星。东方早、又是好年呈。

眼儿媚·春月*

元宵佳节春染柳，月华照南楼。一团圆蟾[①]，千处灯火，万家美酒。　　天上人间逐温柔，直待醉时休。今宵梦里，明朝陌上，后日心头。

*春月：元宵节。

①圆蟾：月亮。

浣溪沙·春日回故里

又见双燕梁间闹，一抹斜阳挂林梢，三里河[1]上飘新桥。　　不见去年枝上朵，但闻夜来月中箫，乡愁悠悠路迢迢。

①三里河：家乡的一条小河。

八声甘州·再祭屈原

端午至，汨罗问沉浮，大浪记春秋。看泱泱楚辞，千秋仰止，缥缈孤舟。更有悲壮国殇，忠魂水中休。万古英雄气，永贯九州。　　万壑惊雷骤雨，借《离骚》《九歌》，抟露凝愁。似《卜居》野草，怅望天涯忧。恰飞扬、爱国情愫、恁浩叹、苍雪冠白头。《湘 君》泪，九江[①]东流，千载悠悠。

①九江：指多的意思。

梧叶儿·咏菊

霜降临，正晚秋，黄叶随风走。百鸟恨，万花愁，望沙洲，菊染霜天如绣。

蝶恋花·寒露

秋夜枯叶深处睡。半阖星瞳，一睐流波魅。脉脉空枝摇素影，晓风薄寒清圆碎。　往事如霜酒一杯。淡月笼明，夜阑人自醉。天际征鸿行如缀，满身香雾簇朝晖。

清平乐·中秋

渺空云平，我欲骑蟾[1]背。吴刚嫦娥连呼酒，直摇桂树临秋。　　银宫积气[2]濛濛，人间也盼清明。好风新发大地，九州婵娟共梦。

---

①蟾蜍：俗称蛤蟆。月中的精灵。

②积气：天空。《列子》中记载：杞国有人担心天会掉下来。有人告诉他说："天，积气耳。"

清平乐·秋夜写怀

浮华暂歇，露气侵凉月。已赋新词千百阙，笔下波涛不绝。　　夜阑秋风堪听，借月再逐西东。已惯眉间冷暖，何惧桀骜霜风。

定风波·遥忆北方冬日寄怀

感怀不尽看晚晴，难见空中舞银龙。遥思冰河忆少年，远望，晶莹内外透分明。　　一片冰心昌龄念，深情，高风亮节慰平生。有书有茶有酒伴，惬意，长风万里豪杰梦。

临江仙·故地重逢

二十五载[1]弹指间，满山风景依然。如约今日是当年。重逢相对笑，再见那般甜。　　淡淡暮烟山渐远，不觉拨动心弦。胸有民生怀远虑。愿有丰收年，临行祝平安。

①二十五载：二十五年前带队去翁源县南浦镇开展“社教”半年，今因工作重回故地而吟怀。

南浦月·西湖

岁月悠悠，光阴荏苒清凉骤。风摇西湖。波光映岸柳。一叶兰舟，随心凌波头。长桥瘦。三潭月柔。苏堤凝风流。

清平乐·拜谒南湖红船

红船慕久，举国齐瞻首。中共起航何处去？勇立时代潮头。　　先驱建党何求？寻求中华自救。九州今日腾飞，红船精神不朽。

桂枝香·凭眺松口古渡头*

松源无语。放任东流去，群鹭追逐。尽展豪情漫舞，凭栏访古。元魁塔高耸云霄，古松口、堪称奇迹。喜看渡口，江风弥天，蓬勃云起。　　眺远烟、流年岁月。叹松口古渡，洪波激越。历代群贤，弄潮拼渡南洋。男儿从容开航道，挽狂澜、笑对沉浮。客家渡头，情牵五洲，名震天阙。

---

*松口古渡头：指广东省梅州市梅县区松口镇。松口是有千年历史古镇，素称南洋古道，客家先民南迁的始居地之一，是明末以后客家人经梅江出南洋始发地。

临江仙·故乡行

又见故乡明月夜，畅谈已到三更。品味故人杳杳情。不曾忘旧事，夜阑数流萤。　　不知今夜谁为客，月下对酒与共。庭院喜鹊绕疏桐。来年春草绿，再将故乡行。

浣溪沙 · 访虎形村*

天地异象生虎形，祖屋依旧峦峰青，长吟远慕仰英名。　　铁马金戈乾坤定，拜谒故居忆丰功。一代元勋傲苍穹。

*叶剑英元帅故居位于梅县区雁洋镇虎形村。

金缕曲·夜读《诗品》*

字字皆珠玑。真可谓、钟骨凌霜[1]，高风跨俗。词采华茂情兼雅，谁会博评群诗？深意远，妙有精理。行文疏荡显奇气，五言诗，逮汉李陵始[2]。君莫忘，班婕妤[3]。　　曹植灵运和陆机[4]。诗品上、杰出英才，赞许既实。涵泳悠悠评百诗，点缀映媚而已！寻思起，风力丹采[5]。千秋定论留诗史，诗学观、功过何须议。六义[6]溯，赏极致。

---

*《诗品》：为南朝齐梁时期钟嵘的晚年之作，全书以历代五言诗人共122位知名诗人作为评论对象。

①钟骨凌霜：钟，指钟嵘。凌霜，指高洁。

②逮汉李陵始：逮，指等到。李陵，李广之孙。汉武帝时任骑都尉，被匈奴俘虏投降。他的五言诗在六朝流传甚广。钟嵘认为，李陵是五言诗的创始人。

③班婕妤：名不详。西汉成帝时，以才学被选入宫，作《怨歌行》。
④曹植灵运和陆机：钟嵘认为曹植、陆机、谢灵运分别是建安、太康和元嘉时的五言诗人的杰出代表。
⑤风力丹采：钟嵘强调诗以“风力”为主干，以“丹采”为润饰。风力，指作品爽朗、鲜明、生动感人的特征。丹采，指文辞的华美。
⑥六义：六种义例。指：风、赋、比、兴、雅、颂。

行香子·就人生意义答北京诗友

东风浩荡，独立苍茫。莫高谈、昨日辉煌。旋驰新途，万里八荒。任狂风啸，暴雨骤，寒冰凉。　　障泥[1]未解，征辔[2]再扬。更雅趣，苏辛词章。诗情将略，壮心悠长。愿四季清，万象新，乾坤朗。

①障泥：即马鞯。垫在马鞍之下，垂挂在马腹两边，用来遮挡泥土的。

②征辔：马的缰绳。

南柯子·诗友欢聚夜游珠江

珠水流新碧，两岸映月明。泛舟江上趁东风，恰携诗友相聚矜豪纵。　　万朵浪花高，千吟佳句浓。莫道钟俞[1]名已远，惜别依依何日再相逢。

①钟俞：指钟子期和俞伯牙。

鹊踏枝·赠诗友

谁道老酒暖人心？品位相近，淋漓醉墨人。今夜急雨霏霏临，枝上倦鸟怎安身？　　吞吐诗章铿锵音，额上风雨，杯中古到今？酒阑壮心摇征辔，吹毛剑在凭谁问？

减字木兰花·静思

人生远旅，抛却闲愁能几许。历遍穷通，名利只在笑谈中。　　圣人何在？夜阑风静史在怀。遥岑远目，忠肝义胆耀千古。

江城子·三河坝敬思*

岭上雄烟隐苍茫。三江汇，险流长。八一义军，铁马卷山岗。为安乾坤寻前路，斩顽敌，灭凶狂。　　枪夺政权刚开张。血贯江，堪悲壮！碧血忠魂，换取红旗扬。今拜先烈丰功碑，举首望，铸信仰。

* “没有三河坝战役，就没有井冈山会师”。1927年八一南昌起义失败后，朱德带领三千名起义军将士退守广东大埔三河坝。经与国民党反动派一万多精锐血战三天三夜后，终因寡不敌众，起义军将士血染三江。尔后这支部队幸存者约八百余人在朱德军长带领下继续北上，最后上井冈山与毛泽东会师，成为了中国革命的火种。

风入松·感于广东省委首次专项巡视扶贫领域

时代颂英明，决策重“三农”，引来碧秀盈原野，勤耕耘、果硕粮丰。决胜全面小康，再干三个“春冬”[①]。　　任它世上风云惊，百姓有定星。扶贫领域拍“苍蝇”，为民生、巡视使命。中华千秋基业，民富才得安宁。

①三个“春冬”：党中央部署消除绝对贫困现象，到2020年底实现全面小康社会，距此还有三年。

解佩令·返粤途中重读纳兰词

桑榆墅畔，黄昏庭院。忆往昔、水绕门前。庭虚观日，偕春风、扫去云烟。有剑客、心向青衫。　人间冷暖，随风飘散。纳兰词、凄悲哀怨。游子南还，过衡阳、浩叹双雁[①]。对斜阳、啸吟长卷。

①过衡阳、浩叹双雁：历史上一直有“雁不过衡阳”之说，意即雁飞至衡阳回雁峰而止，不再南飞，待春而归。

沁园春·贺新中国成立68周年

四海升平，六合清明，乾坤宁安。看一带一路，珍呈万国，梦圆五洲，东方旗展。壮美江山，和谐社会，中国主张惠世间。中华龙，正浩荡腾飞，翱翔层巅！　　此时回首从前。六十八载轻弹指间。忆南湖烟雨，唤起信仰，北平大典，开启尧天。辉煌时代，云腾朝日，更创炎黄新纪元。庆华诞，愿民安国泰，福祚绵延！

满江红·贺建党96周年

万里长风，绿遍了，大江南北。岑远目，绿窗朱户，桃蹊柳陌。灿钩帘幕卷新晴，四端[①]有序和气涌。更祥云微度映朝晖，江山碧。

南湖火，燃信仰，旗帜举，道路辟。赖地维天柱，为民立极。不向蜃楼追幻影，开创时代新天地。待百年、何处识神州？盛世立。

---

①四端：孟子认为恻隐、羞恶、辞让、是非四种情感是仁义礼智的萌芽，仁义礼智即来自这四种情感，故称四端。

凤凰台上忆吹箫·巡视归来抒怀

风和日丽，暖冬翠枝，湖映山色天颜。看江山壮美，气荡浩然。高处凭栏远眺，原野上，纵横旷远。城郭外，天涯地角，雁过鹏旋。　　此刻，季鹰[①]归来，登凯旋烽台，气定神闲？渺珠江逝水，浪举片帆。胸怀倥偬[②]大业，凭丹心，雪洗[③]尘埃。倚长剑，马嘶远途，慷慨鲸脍[④]。

---

①季鹰：指在一定季节里展翅高飞的雄鹰。这里借指在一定时间内完成任务的同事们。

②倥偬：繁忙。

③雪洗：洗刷。这里用“雪”以示季节，表示为冬季。

④脍：把鲸鱼切成碎片。

满江红·贺祖国华诞

白驹过隙，冰轮转、又迎华诞。放远望、金风浩荡，盛世满眼。六十七载中国路，十三亿人心花绽。江山媚、双蝶弄倩影，百姓安。

载民舟，双螺旋[①]。民与国，同信念。好梦频、喜看朱户[②]堂燕。悠悠神州尽红幡，同舟共济过银山[③]。壮怀远、正人人自勇，再补天[④]。

---

①双螺旋：指国家和个人的关系。让二者相得益彰，彼此成就。

②朱户：古指富贵人家。这里借指让老百姓过上幸福生活。

③银山：极高的大浪。

④再补天：指古代传说中女娲炼石补天的故事。这里借指中国人民正在为建设一个小康社会而奋斗不辍的景象。

现代诗

贾湖村*一夜

星辰从贾湖村的脊背掠过时
我无法辨认
哪一颗是八千年前照亮贾湖村的那一颗
此刻
我正夜行在心中向往已久的神圣村落
它们在我追逐文明源头的苦旅中
闪耀着神秘的光芒
瞧！在俯仰之间游向夜的深处

披着轻寒

---

*出土于距今7800年至9000年的同时期最为丰富的史前聚落遗址河南贾湖遗址，1986年至1987年，这里先后出土了20多支骨笛。笛孔有5、6、7、8孔之别，大多数骨笛仍为7孔。贾湖骨笛是我国目前出土的年代最早的乐器实物。更了不起的是现在还可以用来演奏。

在这初春的夜晚
我的思维在这个村落里
开始穿越和发散
看！
在这明月时隐时现的缝隙
那个身着白袍的人，与我横笛论剑
他高昂着头不发一言
任沙钟不停翻转
轩辕车、五花马
我们一挥衣袖
就消隐在各自的方阵中

我感激今夜的穿越相逢
因为
贾湖村发掘出的骨笛
闪耀着8000年的文明轨迹
永不褪色的音韵
在中华民族古老的音乐史上独树一帜

今夜
贾湖村树上的花喜鹊还没有眠意
与我一起度过这迷人的夜晚
此刻
我想像那个遥远的时代
走过了原始太古
经过了氏族公社
进入了部落联盟
也跨入了“新石器时代”
在这时空弯曲的历史大道上
留下了“仰韶彩陶”“龙山黑陶”
也留下了“贾湖骨笛”

不是吗
中华民族的的文明成果
皆有文字和实物证明
虽然古老的乐器躺在土地下面
它却用生命与这片土地相拥
枕管无眠，大梦无形的智者

他们的眼神掠过历个朝代
再现着8000年前动情而乐的场景

这恒久的骨笛
正是史前文化格局中中原文化的重瓣花朵
决不是西方诗人书架上的智慧
更不是布宜诺斯艾利斯[1]的遗产
当然也不是美洲之光
而是华夏之光，中华民族之光

今夜
花喜鹊对我呢喃说的都是——
关于九曲黄河之南
舞阳县贾湖骨笛的历史
因为骨笛里蕴含着
先民们薄脆而智慧的心
装着不朽的音符和远古的烟尘……

①布宜诺斯艾利斯——阿根廷最大的城市。闻名的阿根廷探戈起源于这个城市。

在这个深夜
我与最为丰富的史前聚落遗址靠近、交流
在这块地理恒久的土地上
魅力是一种自视

村里的人会对你说
贾湖是天下最早的史前聚落
天地孕育出的文明成果总是大美
是九曲黄河与无垠大平原的永恒之约

村里的人还会对你说
中华民族的乐器起源在这里
丰富的音乐神经
对这枯燥世界的震动、感动、牵引、诱惑
都聚在这里
先民们赖以依恋的乐器的音律也聚在这里

在这个深夜
此时此地冷我深深打动

周围充满着历史的沧桑感
幽深的地下，悠远的岁月
骨笛一直神圣着、美好着、鲜活着
仿佛一个信仰在时空里穿行
时光匆匆
八千年只是弹指一挥间

今夜，在这震撼心灵的土地上
我深深地悟出：贾湖骨笛
它是黄河流域史前社会的文明缩影
更是中华民族文化自信的历史见证……

行走在故乡的春天里

在故乡的春天
并非我一个人走在原野上
前往远方的人一个接着一个
皆步履匆匆

前行的人们相信
远方有佳音
而我相信
远方有好诗

今夕何夕？万物复苏
主大势者在自然
自然载动着天地的轴心
春天来了，挂在了树上

造物主的原著是归于一统
而命运却是分散的
放眼望去
一个人，又一个人的命运却不尽相同

行走在故乡的春天里
春风吹拂着渺远的旷野
河流驮着洁白的云朵在流动
向着远方，我必须风雨兼程

行走在故乡的春天里
天地空阔，万物生机勃勃
前方的林子里
鸟雀们准备高飞

只一瞬间
她们旋即消失在云空里
只剩下新鲜的事物
在我们中间停留

行走在故乡的春天里

怀揣着古老悠长的乡愁

傲啸着自信的诗歌

在黎明时分，我坚定地迈向远方……

夏日的午后，我走向旷野

夏天来了
这一年一次的热烈庆典
万物在狂欢
这个不停地旋转的世界，是全新的
而我们是旧友
在推陈出新的时辰
面面相觑：不是惊讶，而是感叹
——多么熟悉的场景啊！
如此永恒的亲情和永远的惦念！

灰喜鹊归来了，花蝴蝶归来了……
往年一样的风雨彩虹也归来了
一切的一切都归来了
大地依然默默承载着万物
夏蝉争先恐后地鸣唱着

白杨、绿柳、青草、红花
还有叫不出名字的一丛丛灌木
在风雨中参与了颠覆与共建

此刻，我是多么愉悦呀
在这个夏日的午后
人生中一个微不足道的一瞬间
我走在这苍茫和辽阔的原野上
亲眼看到夏风用它热情的双手
把瓦蓝的天空抬高、擦亮
原野裸露出坦荡的胸怀
这不是羞涩，而是骄傲
因为这是它光明磊落的本色
多么令人景仰啊！

极目旷野，我已习惯于那种信步望远
内心是强大的、坚定的、饱满的
也是充盈的、甜蜜的……
因为前路有诗和远方

虽然风雨兼程
我一点也不孤单
是的，我听到身后
骤雨狂泻——在倾洗尘寰……

午后的丰满

我看到阳光的时候
已经是正午了
从时间的圆周当中取出一个段落
下午似乎有点儿空闲
翻阅明代董其昌行书五言诗轴
这神来之笔
犹似几座山峰若隐若现
几只鸟儿在空中如同风的章法
是清澈，但枯涩的用笔无不高深莫测

是来无影去无踪的简单独白
是没有边际的狂喜，是空旷是顿悟
也是飘入旧梦的云朵
看不出太多的美感，也没什么情感

我喜欢敏锐，愿感觉多样的艺术
也喜欢适度的激情
但很多美感我没有体验
只是听别人说，那是美感

要为事业尽责，还要阅读、写作
有时被一首歌或一行文字感动不已
情到深处时泪流满面，不停抽泣
甚至会忘记自己写下的文字

时光流逝，但总能找到舒心的欢畅
回忆那过往的旧事，有温馨有美好也有一些忧伤
那枝叶繁茂的诗歌朗诵的日子
是棉花尖上的糖
回到人生的思考上
我崇尚人格和艺术的魅力
相信某一个下午
还会有情趣盎然、纯粹和清爽

立秋

夏天揣着一腔无奈，伤感地离去了
明天就是“立秋”了
这是一个多么清纯的词语呀！
秋高气爽，喻指高洁，有向上的维度

此日之后，诸事明朗
宜看天，长天碧色
祥云与鸿雁比肩归来
令人无限遐想

宜看地，大地辽阔悠远
斜阳洒下的柔光
照在农人收获希望的田野上
也映在人们喜悦的心头上

宜看山，远山苍茫
隐含着芙蓉金菊斗馨香
还有红叶间嵌满轰轰烈烈高贵的金黄

宜看溪流，看池中之物
读懂它们
如何去应对生活的不易，季节的轮回
但归宿都是朝着一个方向流淌

宜看月，月色柔美
让世间变得温情明亮
月亮就是美和爱的象征
一代代望下去
我们的爱因此有了光的暖意
也有了千里共婵娟的伊甸向往……

初秋

我爱这季节的透明，如婵翼爱着阳光
在初秋的花儿上
藏有温暖的夏日余光
焦黄镶在花儿的边缘，如此耀眼
秋风潜伏，在墙角，在小桥的低弯处

我爱秋日的斜阳
在夜幕降临之际
它见证了这枝与叶相爱的一瞬
它们是那样的安详幸福

我爱这优雅的秋夜
在一弯淡月的柔情中
我喜欢静听落叶的沙沙流淌
听，没有痛感的伤吟

就像没有痛感的时光

是的，今夜
叶要离枝而去
但它没有惊慌，没有惆怅
只有义无反顾的从容歌唱

白露

晚霞和江水融为一体
一条鱼饮下一朵浪花
我立于岸边
看秋风瘦，看鱼儿欢，看暮色斑斓
它们似乎怀里揣着辽阔的想法
群山黄了
群山将落款题在枯草根处

秋天亲近，道声别来无恙
一只蟋蟀拱拱手
还未来及说些什么
白露，却从《诗经》中蹁跹而至
在杜甫千年的呼唤下
露，自今夜白
初秋完成了一次爽快的转身

从此

风轻云淡，天高水长

白露降临了
鸿雁来，玄鸟归，群鸟养羞
打开秋夜的窗棂
露珠还未选择好和哪片叶子握手，一阵
　抖动的风
却把黄叶赶往弯曲的地方

晚风拂面，我臣服于寥廓
独步江畔
挽起秋天的晚礼服
轻吻露的味道
缓缓走向那灯火阑珊处……

秋色

秋风过
渲染了枫树
点亮了杨树
卷缩了纤纤桦树
庄稼垂下了高昂的头
田野裸露出原色

夕阳西下
村庄的上空炊烟摇摆
村头小溪边赶鸭人舞动着长杆
母亲吆唤着孩儿
在动与静的景色中
夜幕悄悄降临了

一剪淡月
满目黄叶
潜入秋意的窗棂
我想穿过秋的皱褶
和一切障碍
发现万物洁净的本色
这是我执着的初心和本意

八月，在路边留下的花瓣和落叶
便是遗落的秋色
秋色里虽有落英缤纷
但不要悲伤，不要忘记
还有丰收的果实回报着大地
风吹不走，岁月也带不去

相信待到来年此时
一束菊花还会经过这里
它孕育着情，盛开着爱
吐出一圈圈生命的金光

化成庄周之蝶

飞荡在稻麦归仓的喜悦里

飞荡在人们酣甜的梦境里

飞荡在秋风秋月演绎的浪漫里……

今夜，我走进晚唐和南宋的时空

是夜
梦里挑灯看剑
西窗下
与谁共剪？
夜色阑珊
那醉，那醉，小酌之后
我把历史浓缩到晚唐的瞬间
君问归期，归期应在晚唐的风雨中
乍然一阵秋风卷起门帘
案头熠熠烛光，与人共瘦

我今夜对秋扼腕
寒意，横在苍月之侧
我再磕开一壶烈酒

走进南宋

也去关山勒马，仰天长啸

驱长车踏破贺兰山阙

《满江红》悠悠而悲壮

靖康耻，犹未雪

叹夕阳未能，还我山河

今夜，火炉上仰天啸红

渐渐祛除唐寒宋颤

我欣然举杯

窗外寒风倒飞

心内热血沸腾

晚秋

秋色将走向远天的尽头，开始暗淡了
一个季节就这样让色彩领着，走远了
秋色在枯草里变黄、变轻、变得干净
这一片片变枯的叶子
正是秋的心思

我依偎着霜降后的深秋
看蜷缩着翅膀的雀儿在傍晚的寒风中期盼天明
看它们在铺满落叶的沟渠觅食
落叶与雀儿的心情一样压抑
一片压着一片
上面有风尘，下面有露水
中间脉络清晰，却暗藏着凉意

静听晚秋的声音
有收获的喜悦
也有歉收的叹息
从一片枯叶身上得到启示:
落在阳光下，会卷起来，飘飘然随风而去
落在阴天或雨夜，会低垂，饱含泪水

今天，在这秋色将尽之际
一阵寒风吹过
就要立冬了
爱着的和被爱着的
都来不及添衣
只能裹紧那目光送来的暖意

在这个季节
天空低了，房顶低了，心也低了
仿佛有很多看不见的伤感
一丝丝浸入体内
有点潮，有点重，有点酸

让人隐隐约约的揪心

而我真的想把伤感写得很轻、很淡、很薄
正如雨停了，树叶在伤感
滴下一粒水珠，又滴下另一粒水珠
树叶变得亮了，恰好是伤感的光泽

而我还想把伤感写成一首轻盈的诗
默默地诵读，不发出一点儿声音
但人们可能不会同意
因为伤感本身就是一首沁人心扉的诗
它有婉约的节奏、凄美的韵律
还有一种沧桑的痕迹

眼中的秋色将尽，心中的秋色还来不及散去
我紧紧握住一片发黄的叶子
因为这是最后的秋色
把它带回家吧，挂在门上
听它轻轻在寒风中歌唱

歌声中传来冬的消息
冬来了，那春天还会远吗？

我望着远方的地平线
仿佛一道道光晕抖动着大地
不紧不慢，天地相依
我用目光把前方抬起
眺望季节的轮回，岁月的流逝
因为生命终会随着岁月远去
这更需要调节悲喜，平和心绪
用时间的一分一秒
去链接阳光和幸福的日子

冬至畅想

又是一个冬至
这是一个重要的节气
上首诗里我曾经写过
二十四节气中它最早进入《易经》和
　《诗经》里

一阳始生的日子开始了
寒风擦亮了喜鹊
枯枝飘动着数不尽的琐屑情绪
南方的窗口吐纳着碎凉
没有北方冰期的霓虹
更没有思念中的大雪

冬至，它像一块糖

被那些靠醒着才能过冬的生灵吮吸
他们满嘴的甜意
你究竟知道多少
这是一种生命力量的给予

冬至高洁冷静地走来了
广阔天地仿佛又亮了很多
时空在暧昧中划出一个轮回
今天，无休止的风长啸在刚阳的天宇
风中畅想
循增的年齿，神圣的事业，高雅的爱好
闪烁的爱情，广袤无垠的梦想
一切都回来……
可谁言天地宽岁月长呀

历史上你可闻过，共和元年厉王被逐
平王东迁春秋揭幕
你可曾看过，孔子周游列国的地图
你是否知道秦皇用武混一车书

历史的记忆
在漫长的生命中是如此清晰
五千年烽火逐鹿如今锦绣遍地
一个伟大民族的复兴
苦难与辉煌都深深刻在岁月的皱折里

冬至，冬至
是夜
微明中
幡然地，有了泛舟访戴[①]的风致

---

①泛舟访戴：东晋王羲之之子王子猷雪夜访名人戴安道，泛舟山阴剡曲，经宿方至，造门不前而返。人问其故，王曰："吾本乘兴而行，兴尽而返，何必见戴？"古今人传之，遂为美谈。

这个冬日的午后

这个冬日的午后
小河边，树林枝头上不见群鸟
空旷安静的下午
独自一人披着灰蒙蒙的冬色赶路
阳光羞答答，却把大地都照亮了
河水泛着银光
粘满白霜的叶子卷了起来
被岁月压弯了腰的小桥也披着霞光
风，变得轻柔和顺
没有给水面带来过多的虚惊

这个冬日的午后
匆匆赶路人，懂得时光的珍贵
往前，往前

远处青山隐隐

天空的颜色还在沉淀

疲惫的身躯被昂扬向上的心激起

脚踩温软的土地

胸怀美好的梦想

紧揣信仰

坚实地奔向远方

白色是纯洁的美

这是一个细雨抚春的早晨
推窗望去
草木嫩绿，深红浅黄的花瓣
弥漫着薄薄的香气
一夜酣恬安眠，世间已是润物细无声了

这样清丽的早晨，适于遐想
忽见庭院内的茶花
清晰地占据着小院的一隅
安安静静开放着
花朵洁白
在艳丽的花花世界里，它们是如此耀眼
纯洁着人们的思绪

它们的美抵过一冬的寒冷

在春风里绽放着洁白的身姿
花期或许短暂
但却是那么的光鲜
我常常在想
白的事物即是纯洁净美
包括它的枯萎、凋零以及梦
因为它始终因一尘不染而留芳于尘世

我凝视着它
它用洁白无瑕昭示着我
当我伸手欲触碰这大美的洁白
一瞬间，我却害怕它化成一阵轻烟随风飘散

我的心，醉了
沉迷于此
似比万物更深更远的空灵
回味着厚重而悠远的过去
呼唤着轻盈而纯美的未来

又见故乡

午后的阳光，醇厚、微甜
我如约回到了可爱的故乡
街头那棵历经风雨的大槐树
在明媚的春阳下
摇荡着枝叶
宽阔光亮的大马路
在它身边快速延伸
瞬间，一种异代同时的乡愁
在我的心里凝结

拨开时空的涟漪
那是一个飘着雪花的日子
父亲说：“天地苍苍，人海茫茫。铁血
　男儿，志在四方。”
回首难忘的岁月

无数个日夜在风雨打磨中消失
对镜自揽，是如此丰沛的

我时常想
达，则兼济天下
穷，则独善其身
其实，达也不是贵，穷也不是悲
不忘初心，阔步远方
这才是乡愁溢出来的男儿志向

故乡，我难忘的故乡
今天，我将邀月同醉
醉在这生我养我的热土上

那段渗入生命的日子

今夜，星空璀璨
在我深深的记忆里
生命中的那段日子
温馨而清晰
在这人生的路上
它是暮色中的驿站
是沙漠中的绿洲
也是我静静阅读创作时点亮的一盏心灯
更是我漫长岁月中的一段悠扬的乐曲

今夜，金风轻拂
记忆中的那段时光
它徐徐地向我走来
犹如看见了春天

那历历在目的场景令我至今激动不已
我惊异于他们对我的爱戴和信任
成为我事业和生命蓬勃的底蕴
我也深爱着他们
在我心灵的一隅
始终沐浴在一场迎面而来的春风中

今夜，雏莺低鸣
月光叫醒了深眠的花儿
一切都在醒着
我从时光里抽出记忆
回眸那多姿多彩的人生
人啊！就是旅途中匆匆过客
当你还没来得及细品眼前的风景
下一站又要启程了
时光静默地流淌
季节不停地轮回
一夜之间的前世今生
让我放飞心灵的纸鸢

去寻觅绚烂中深情的大爱

看啊，在他们铺开的稿笺上
我留下的韵脚
发出了悠长的回声
一如我在信步般踏上了旷远

今夜，思绪如泉
风在自由涌动
有一双眼睛
在梦醒时分注视着这有爱的人间
我仿佛又看到
她们绽放着纯洁的爱
伫立在我的眼前
捧着长长的诗卷
声情并茂的朗诵
这一刻，我再次陶醉了
整整一宿啊！诗情、诗意和诗心……
哗哗地

洒落在大地上，融化在清晨的露水里

晨曦的亮光透过纱帘摇曳
门一敞开
我无法按捺热情绽放的姿态
又去迎接一个崭新的黎明……

花溪
丁酉夏
高峰

让花儿自由地开放

夜以继日，光阴流逝
有人在雾霾中偷偷抽泣
蓝天啊！睁开眼睛看看我们吧
看看我们心里的苦和脸上的灰

汽车废气扑面而来
城市里充满了尘埃
田野和草坪被蚕食
河流遭到污染
珍贵的野生动物也偷偷运到了火锅店
人类不文明的破坏性的行为
使自然界日益萎缩和衰败

没有人类，这世界是不完美的
但是，没有猴子和熊猫

没有橡树和三叶草
没有原野和河流
没有艳阳和星星
这世界又将是什么模样？

工业化摧毁了人类梦想的田园
枯萎了河边的蒲草
也消匿了鸟儿的歌声
人类从自然中走来
人类的生命依赖着自然
重视生态文明，今天势在必行
只有与充满活力的大自然和睦相处
才是人类莫大的荣幸
反之
也会成为灭绝的恐龙

人类是自然之子
我们应该深深反省
在这个崭新的时代

我们渴望
在我们的土地上
在整个地球上
让花儿自由的开放
让万物和谐的共生……

当月光疲倦的时候

当月光疲倦的时候
萤火虫献出匆匆的亮光
这多像我的诗句啊
微不足道，一闪而过
但我竭力想用这微光
摇曳人们的思想

当月光疲倦的时候
萤火虫更加繁忙
在漆黑的夜里
散发着那丁点儿的光
为人们寻找夜幕下的路
化成了明亮的桥梁

当月光疲倦的时候
萤火虫的倾力奉献
照亮着千百个黑夜里的赶路人
使人们跨过了岁月的沧桑
在那无情的黑夜
我同他们一样热泪盈眶

当月光疲倦的时候
萤火虫献出温馨的亮光
今夜的凉风
无法阻挡明日的春光
因为萤火虫轻盈的吟唱
与我的诗歌一起把生活点亮

今夜，我再次感受古诗词的美好

紫色向晚，向夕阳的长窗倾斜
一盏灯，被诗人点亮
屋顶上洒满了柔色的月光
漫天眨着眼的星子们
从李清照的《声声慢》中走出来
非关病酒，不是悲秋

夜，已躲在西窗后面张望
白露为霜，消除了采薇女子的青春模样
月色寂静，窈窕淑女依偎在桃花树旁
人比西风瘦
今夜谁又独约黄昏后？
月下无箫

可曾有木兰舟
随时光倒流？

此刻，我多想回到唐朝
去看看独钓寒江雪的河东先生
或者召唤出李白
就几片诗句
正好煮酒哲论
绿焙火炉
惬意悠悠

陌上桑

历史的烟雨
把那棵古老的桑树擦亮
原来那是汉朝的
在风中，古歌呦呦
这是古老丝绸的前世的声音
凄美、柔软、温润
在那个曾经强悍的朝代
鲜为人知的稚嫩和抒情

乾坤在破与立中变换
桑叶继续供养着幼蚕
而江山和美人已经布新
蚕继续吐筑它的丝绸之路

不管风掣经幡
不管白马驮经

这阡陌已经不是那阡陌
时空已经变换
“一带一路”洒下和煦的春风
今日这阡陌啊通向欧亚
汉代那萧萧马鸣的日子
已经成为远去的尘烟……

元辰心语

多么好的日子啊
艳阳高照，万物活跃起来了
远方的地平线升腾着希望
是的，新的一年来临了
人们又要启程了

让地平线的远方收藏在怀中
因为远方是多么好啊
一些水给了树木
一些风给了湖面
一些阳光给了红着脸的果子

想到了远方
我就有了灵感

今夜，我要用夜鸟的韵律

抒写向上的心语

听啊

来自未来的风

指引着我

心中只要有诗和远方

那美好的一切就在近处……

后　记

当我看到这本诗集的校样时，心情除了喜悦之外，还想向读者再谈点儿感受。其实，四十年来，天南地北的风雨兼程和古今中外的大量阅读，所见所闻所思所悟，实在不是一壶诗所能盛得下的。但诗是思想的台记，也是心灵的脚印。它体现了作者的人格、品位、学识、文采和情怀。

记得中国文联副主席丹增先生在给我的《超然轩诗札》序中说的："王晓超的诗引诱了我的想象空间，我读晓超的诗，有的字字珠矶，给人以语言之美；有的语意深刻，给人以思想之美；有的立意隽永，给人以意境之美；有的感人肺腑，给人以情感之美。"对于先生的赞誉，我有些汗颜。我据实坦言，逮至中学时代，我作古体诗的热情就非常高涨，而这种热情几近"痴绝"，但诗之于我，完全是一种超脱功利的"适性"与"自娱”，或者说，只是一种冲动和狂欢。至于结集出版发表，则似乎与我邈不相干。几乎与此同时，我开始阅读研究古典诗词，在研究的基础上，再看自己的作品，不仅悚愧交作。

我一直深深地感到，在浩如烟海的古典诗词传统精华面前，若再想“开拓领地”，可谓“蜀道难，难于上青天”。陶渊明采撷的那些“东篱”之菊，已温暖了每一轮带霜的夕阳。在张若虚的咏叹中升起的那轮古今同慨的月亮，早已美轮美奂。我还认为，在屈原“折若木以拂日”后，你很难再拥有自己的日出。在庄子的鲲鹏扶摇而上后，你便很难有自己的天空和飞升。逮自近代以来，诗坛上虽流派纷呈，作手如林，然出类拔萃、垂辉千秋者，亦少之又少。故欲“推倒一世豪杰，开拓万古心胸”以成“光前裕后”独放异彩的诗家，至于我是万万遥不可及的。

写至此，虽不能独放异彩，但必须有融通博赅、万取一收的创发精神，这非常重要。因此，我从没间断过对《诗经》《楚辞》《唐诗》《宋词》《元曲》的研究以及对中华传统文化经典的研读，比如我要写3万字的书，至少要看累计达100万字的书。否则你的知识储备是远远不够的。

上述拙见并非精言，只是阅读、创作过程中的一点感悟，给读者参考而已。

当然，这本诗集还有很多缺憾，如体裁不够宽泛，押韵对仗也有待完善。在此只有请读者给予补正了。

在本书即将付梓之际，我由衷地感谢花城出版社詹秀敏社长、蔡彬副社长、责编许泽红和美编玉玺、谢翔、姚敏，由于他们的辛劳付出，才使本书得以顺利出版。还要感谢为本书出版给予关心和帮助的我的同事和朋友们！

今天，把这100首诗词结集出版献给读者，但愿不会有负众望，我也期待读者匡正。

临了，还要用《周易》中的“天行健，君子以自强不息。地势坤，君子以厚德载物”以此与读者共勉！

2018年9月16日于出差途中